D0847052

RICHMOND
PUBLIC LIBRA
DEC 4 2005
RICHMOND GREEN
905-780-0711

Danielle Marcotte

Les sabots rouges

Illustrations
de Doris Barrette

la courte échelle

Les éditions de la courte échelle inc.
5243, boul. Saint-Laurent
Montréal (Québec) H2T 1S4

Directrice de collection:
Annie Langlois

Révision:
Sophie Sainte-Marie

Conception graphique:
Elastik

Mise en pages:
Mardigrafe inc.

Dépôt légal, 3e trimestre 2004
Bibliothèque nationale du Québec

La courte échelle reconnaît l'aide financière du gouvernement du Canada par l'entremise du Programme d'aide au développement de l'industrie de l'édition pour ses activités d'édition. La courte échelle est aussi inscrite au programme de subvention globale du Conseil des Arts du Canada et reçoit l'appui du gouvernement du Québec par l'intermédiaire de la SODEC.

La courte échelle bénéficie également du Programme de crédit d'impôt pour l'édition de livres — Gestion SODEC — du gouvernement du Québec.

Données de catalogage avant publication (Canada)

Marcotte, Danielle

Les sabots rouges

(Mon roman; MR11)

ISBN 2-89021-710-8

I. Barrette, Doris. II. Titre. III. Collection.

PS8576.A635S22 2004 jC843'.54 C2004-940161-0
PS9576.A635S22 2004

Danielle Marcotte

Depuis toujours, l'écriture est la grande passion de Danielle Marcotte. En plus de ses livres, elle a signé des articles et des reportages pour des journaux et des revues, des scénarios pour le cinéma et la télévision. Au fil des ans, elle a été attachée de presse, conseillère dans un cégep de la région de Montréal, directrice de collection dans une maison d'édition et éditrice.

Elle est l'auteure de romans pour les adultes et pour les jeunes, ainsi que de plusieurs albums, dont *Poil de serpent, dent d'araignée*, qui a remporté le prix du livre M. Christie en 1997.

Danielle Marcotte aime bien dire qu'elle est mère de famille nombreuse, car elle a quatre enfants, ainsi qu'une petite-fille. *Les sabots rouges* est le deuxième roman qu'elle publie à la courte échelle.

Doris Barrette

Doris Barrette a illustré des dizaines d'albums, de romans, de livres documentaires sur les sciences naturelles et de livres scolaires, et ses œuvres ont été exposées plusieurs fois au Québec et en Europe. À la courte échelle, elle est l'illustratrice de la série Annette d'Élise Turcotte, publiée dans la collection Premier Roman. C'est également elle qui a fait les illustrations de l'album *Grattelle au bois mordant* de Jasmine Dubé, paru dans la série Il était une fois. Doris Barrette partage une grande passion avec les enfants gourmands du monde entier: les desserts et le chocolat.

De la même auteure, à la courte échelle

Collection Roman Jeunesse
La terreur des mers

Danielle Marcotte

Les sabots rouges

Illustrations
de Doris Barrette

la courte échelle

1

Gaël entendit un froissement. L'elfe avait disparu, mais pas les sabots. Ces derniers reposaient sur une pierre plate, à quelques sauts de bique de Gaël, preuve que celui-ci n'avait pas rêvé. « Des sabots magiques », avait promis l'elfe.

« Magiques », réfléchit Gaël. Qu'est-ce que ça voulait dire pour des sabots ? Comment des sabots, même enchantés, pouvaient-ils l'aider à sauver sa maison, son village ? Il y avait un seul moyen de le savoir.

Le garçon glissa ses pieds dans les chaussures de bois. Il y eut un pfirttt ! puis Gaël s'évapora à son tour.

Morgane lisait avec avidité, dévorant les pages pour comprendre ce qui arrivait.

Les sabots avaient emporté Gaël dans un drôle d'univers. Un endroit où le temps et l'espace se contractaient et s'étiraient à volonté. Un monde où il n'était pas étrange de voir les plus vieilles branches d'un arbre généalogique discuter avec les jeunes pousses.

Gaël avait retrouvé son trisaïeul. Le père de son arrière-grand-père, pourtant mort il y a des années ! Depuis le passé, ils étaient parvenus à réorganiser le futur.

Morgane referma son album, *Les sabots rouges*, d'un coup sec… Son regard brillait. Des sabots magiques ! Elle avait enfin trouvé la solution à ses problèmes.

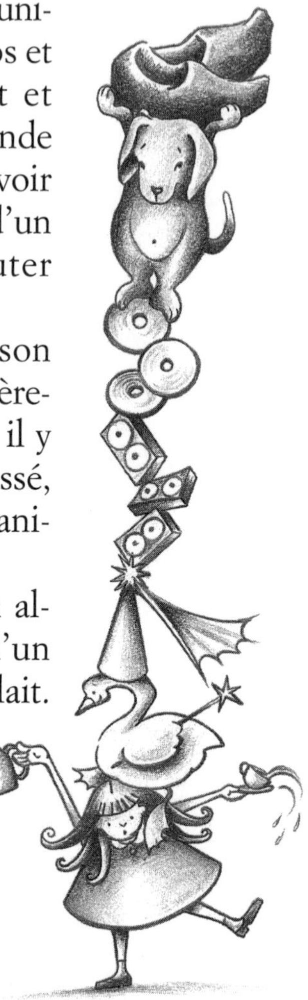

Quelques jours plus tard, son père lui demanda ce qu'elle désirait pour son anniversaire. Morgane n'hésita pas une seconde.

— Des sabots rouges ? s'exclama son père, étonné.

Il suggéra qu'un jouet serait plus approprié pour une enfant de son âge.

— Tu ne voudrais pas une jolie poupée ? Toutes les filles rêvent d'une poupée.

Une poupée ! Quelle drôle d'idée ! Elle souhaitait des sabots rouges, pas une poupée.

Morgane tenait à son idée. Elle n'en démordit pas lorsque son père lui proposa un service à thé, un jeu de l'oie, un costume de fée.

— Je veux des sabots rouges, insista-t-elle. Ou un chien.

La fillette savait que son père avait horreur des chiens. Elle dressa vers lui son visage résolu. Ses yeux narquois jetaient des éclairs provocateurs. Elle avait ce regard pétillant chaque fois qu'elle mettait la question du chien sur le tapis.

Luc Savarin se rebiffa. Les chiens, ça sent mauvais. Ça fait pipi partout. Ça perd du poil dans la maison. Ça jappe après la visite. Ça mord les fesses du facteur. Ça vous lèche la

joue. Non. Il n'y aurait pas de chien dans cette maison.

Morgane soupira. À un chien, elle aurait pu confier sa peine sans crainte. Assumer la responsabilité d'un animal l'aurait aidée à combattre sa tristesse. À revivre des moments de complicité, de légèreté, de joie.

— Un chien, c'est hors de question, coupa son père.

— En ce cas, offre-moi des sabots rouges, trancha Morgane.

Luc resta figé, incapable d'articuler une parole de plus. Ses grands yeux fixaient Morgane avec l'air de ne pas y croire.

Le père de Morgane avait une belle tête ronde et lisse. Une vraie boule de pâte à pain. C'est l'image qui venait à Morgane quand elle observait son père en train d'enfariner les miches aux fourneaux de la boulangerie. Il faut dire que son père se rasait le crâne, aussi bien que la barbe. Pour ne pas vendre des gâteaux aux poils de moustache ni des brioches aux crins de vieux sage.

Avec les années, pétrir la pâte avait renforcé ses épaules et ses bras. Luc était grand, massif. Pour la petite, son père avait toujours eu l'air d'un géant.

En dépit de ses allures d'ogre, Luc était un homme bienveillant. Le genre de personne qui remet les araignées dehors au lieu de les écraser du talon. Un doux qui bougonnait plus souvent qu'à son tour, c'est vrai. Toutefois, ses crises passaient vite et ne faisaient pas beaucoup de dommage.

Depuis un an, hélas ! le géant s'était affaissé, tel un soufflé raté. Morgane ne pardonnait pas à son père ce relâchement. Le regard qu'elle portait sur lui devenait chaque jour plus sévère, plus intransigeant.

De sa mère, la fillette avait hérité une ossature fine, une silhouette frêle. Son caractère vif et fonceur surprenait les étrangers. Son père s'y était habitué, lui. Il ne fut donc pas étonné que Morgane le défie sans crainte. À quoi bon se battre contre cette tête de pioche ?

Le géant courba les épaules. Il grommela trois ou quatre mots pour la forme, hocha la tête en grimaçant.

Et il inscrivit sur son carnet de notes : *des sabots rouges pour Morgane*.

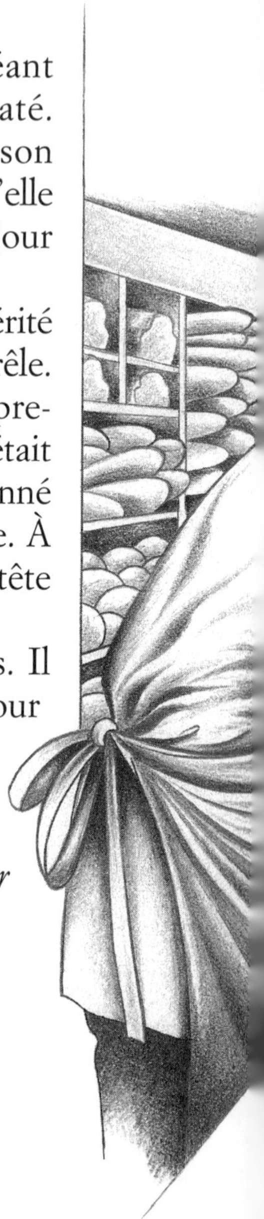

2

Le lendemain matin, croyant Morgane dans sa chambre, Luc détacha la feuille du calepin et la tendit à nounou Madeleine.

— Pourriez-vous, s'il vous plaît, me procurer cet article pour Morgane ? demanda-t-il à voix basse.

Un sourire inquiet craquela le visage encore engourdi de sommeil de la nounou. Celle-ci examina la note et leva sur son patron des yeux ronds.

— Des sabots rouges ? s'écria-t-elle, incrédule.

— Je les voudrais pour son anniversaire, dans trois semaines, précisa-t-il.

Cachée derrière une immense fougère en pot, Morgane suivait avec humeur cet échange. Elle était furieuse contre son père. Alors ? Il ne s'occupait pas personnellement de son cadeau ? Elle était aussi fâchée contre Madeleine. Quoi ? Sa nounou n'explosait pas de joie à l'idée de la gâter pour son anniversaire ?

À vrai dire, c'était plutôt le contraire. Madeleine bouillonnait.

Corpulente aux bras courts, aux manières lourdaudes, la nounou était accablée d'une chevelure hirsute, de sourcils épais et chiffonnés. Ses traits grossiers contrastaient avec ses yeux doux, immenses, qui sortaient de leurs orbites et lui conféraient un air ahuri. À la moindre émotion, ses joues s'empourpraient. Ce matin, ses pommettes paraissaient marquées au fer rouge.

Morgane jeta un œil à son père. Il rentrait les épaules pour

parer les coups. Son beau visage, d'ordinaire égal et calme, était à présent tout plissé. Luc aurait avalé une soupe à la grimace que sa figure n'aurait pas été plus déformée.

« Tant mieux si Madeleine lui fait des misères, décida Morgane. Il n'avait qu'à ne pas déléguer l'achat de mon cadeau. »

Madeleine s'essuya les mains avec son tablier. Elle dégagea les épaules, bomba la poitrine, serra les fesses. Nez relevé, elle dressa l'inventaire de ses bonnes actions depuis la mort de la mère de Morgane. Luc avait pu compter sur elle. Elle l'avait soutenu, même quand elle n'avait pas été d'accord avec lui. Pour cette histoire de chien, par exemple.

Morgane se réjouit de constater qu'elle avait une alliée pour le chien. Par contre, elle se renfrogna quand Madeleine commença à énumérer ses « caprices » d'enfant.

Pour satisfaire cette princesse, elle avait dû dénicher de l'encre rousse, fabriquer « un pont sur les nuages », acquérir un pélican vert qui susurre « Je t'aime » quand on lui pesait sur le ventre… Ces fantaisies n'auraient-elles donc jamais de fin ? Jusqu'à quand le patron comptait-il supporter les lubies de son enfant ?

— Au rayon des miracles, on a donné, trancha la nounou. Pas de sabots rouges. Pour moi, c'est terminé !

Luc ouvrit de grands yeux. Morgane crut que son père allait enfin se fâcher. Il se dégonfla comme un ballon crevé.

— Pour une fois que la petite demande une chose simple.

« Il ne lui viendrait pas à l'idée de se battre », rouspéta Morgane derrière la fougère. Pourquoi son père ne pensait-il pas à mettre son poing sur la table et à exiger : « Je veux ces sabots pour Morgane et vous vous en chargez, point final » ?

Morgane se sauva dans sa chambre sans se soucier de cacher qu'elle avait épié la conversation. Elle claqua la porte et se lança sur son lit, son « pont sur les nuages ». Agrippant son précieux pélican vert, elle le serra contre elle. Elle pleura, le visage enfoui dans son oreiller.

Cette histoire ajoutait à son malheur. Elle ne pourrait donc compter sur personne ?

Des « lubies », des « fantaisies », reprochait Madeleine. Pourtant, Morgane n'éprouvait pas le sentiment d'agir en capricieuse. Ce qu'elle désirait, c'était conserver un lien avec sa mère.

Or, elle avait appris que l'encre rousse pouvait être lue au paradis. Qu'un lit dressé sur des chiffons de tulle permettrait à sa mère de venir la visiter dans ses rêves la nuit. Qu'un pélican vert en peluche avait le pouvoir de lui transmettre les mots d'amour de sa mère.

Hélas ! ses lettres étaient restées sans réponse. Jamais sa mère n'était venue la rejoindre dans ses rêves. Et son pélican vert demeurait muet.

Malgré les revers, Morgane continuait d'espérer. Ces sabots rouges, n'était-ce pas ce qu'elle attendait ? Des sabots magiques. Qui lui permettraient de se poser là où elle le voudrait. Même au paradis ! Des sabots grâce auxquels elle pourrait revoir sa mère.

Il n'y aurait pas de sabots rouges. Madeleine venait de décider qu'il s'agissait d'un caprice.

Un énorme sanglot submergea Morgane. Les pleurs lui ravageaient le cœur. Elle avait envie de hurler ; seulement, rien ne sortait d'elle. Elle imaginait ces tours creuses, grises et froides des châteaux en ruine aperçus dans ses livres d'histoires. Elle se sentait à la fois le donjon et la princesse oubliée dedans.

Sa mère était morte. Sa nounou était fâchée contre elle. Et son père lui paraissait plus mou que jamais.

Elle était seule.

3

Luc Savarin resta de mauvaise humeur toute la journée. Il avait beau tourner et retourner la situation dans sa tête, il ne comprenait pas. C'était trop compliqué.

Sa femme lui manqua soudainement. Plus que de coutume. Claire — sa Luciole, comme il l'appelait — aurait saisi du premier coup ce que voulait Morgane, et pourquoi. Elle se serait chargée des sabots. Cela lui aurait épargné le malaise dans lequel il baignait depuis ce matin.

Des sabots. Qu'est-ce que Morgane s'était imaginé ? Ils ne lui ramèneraient pas sa mère ! Néanmoins, quel mal y avait-il à désirer des sabots ? Luc Savarin ne parvenait pas à s'expliquer la réaction de Madeleine.

Décidé à ne pas décevoir son enfant et

surtout convaincu que le cadeau serait vite trouvé, il résolut de passer à l'action.

Le père de Morgane commença par les magasins de chaussures, où les commis lui sourirent avec indulgence.

— Des sabots ? Ce n'est plus à la mode. Achetez plutôt ces magnifiques souliers à talons lumineux. Quand l'enfant court, ça fait de la musique ! Votre fille adorera.

— Ma fille veut des sabots rouges, maugréa Luc. Pas une boîte à musique !

L'une après l'autre, il claqua les portes des marchands de chaussures de la ville. Au bout d'une heure, il était d'une humeur massacrante. Cette histoire de sabots lui prenait du temps. Plus que prévu. Et du temps, il n'en avait pas à perdre.

Au fond, il était convaincu que Morgane oublierait vite cette lubie. Un cadeau est un cadeau, décida-t-il. Il entra dans une boutique de jouets et acheta une poupée.

L'âme en paix, avec le sentiment du devoir accompli, Luc Savarin rentra chez lui. Le soir venu, il s'attaqua à la lecture des journaux.

Sa tranquillité d'esprit ne dura pas longtemps.

Assise par terre, adossée contre son fauteuil, Morgane lisait un livre. Enfin… Il serait plus juste d'affirmer qu'elle feignait de lire. Car le cœur n'y était pas. D'une main appliquée, elle caressait ce pélican vert qui ne la quittait plus. On aurait cru qu'elle lui parlait. La tristesse de Morgane était palpable.

Soudain, Luc crut entendre en lui la voix de Claire murmurant: «Je t'aime, ma puce.» Les mots que sa femme soufflait, le soir, à l'oreille de Morgane en la bordant.

Une bouffée de chagrin lui brûla la poitrine. Il eut du mal à réprimer un sanglot. La Luciole, quel vide elle avait laissé derrière elle!

Qu'elle devait manquer à Morgane! Comment une si petite fille parvenait-elle à apprivoiser une si grosse douleur ? Lui n'y arrivait pas. En dépit de sa peine, cette enfant causait si peu de problèmes.

Du coup, il regretta la poupée achetée en après-midi. Cela n'allait pas.

Si Morgane souhaitait recevoir des sabots rouges, il lui offrirait des sabots rouges. Qu'importe s'il devait pour cela chambarder tout le pays, Morgane obtiendrait des sabots rouges pour son anniversaire.

Dès le lendemain, Luc Savarin retourna la poupée chez le marchand de jouets.

Durant les jours qui suivirent, il ratissa la ville et les localités voisines dans l'espoir de mettre la main sur quelque chose qui ressemble à des sabots rouges.

Hélas ! dans les grands magasins, les vendeurs le raisonnèrent.

— Cher monsieur, vous avez dû mal comprendre. Plus personne ne porte des sabots de nos jours ! Ce sont les jabots qui reviennent à la mode... Voyez, nous avons par ici de magnifiques blouses à jabot...

Luc s'impatienta. L'imaginait-on capable de confondre froufrous et chaussures ?

Il s'arrêta devant la boutique du marchand d'antiquités, un vieil Autrichien à la moustache énorme. Luc aimait discuter politique avec lui. Dans son bric-à-brac, Claire avait déjà déniché un bilboquet, une boîte à musique, des objets anciens qui avaient ravi Morgane.

L'Autrichien écarta les bras et souffla sous sa grosse moustache en roulant les *R*.

— Je regrette, mon bon ami. Des sabots rouges, ça, je n'ai pas.

Chaque soir, Luc Savarin rentrait un peu plus crispé. Il ne concevait pas qu'un tel article soit si difficile à trouver.

Il en voulait aux marchands de ne pas tenir des stocks de sabots rouges dans leurs boutiques. Il en voulait à Madeleine d'avoir refusé de se charger de cet achat. Il en voulait à Morgane de ne pas préférer les poupées. Il en voulait à sa Luciole d'être morte. Pour finir, il se reprocha d'en vouloir à la terre entière.

À la maison, l'atmosphère devenait de plus en plus tendue. Morgane sentait que Madeleine et son père s'évitaient. Il y avait de longs moments de silence entre eux. Un silence lourd, difficile à rompre.

Si quelqu'un parlait, c'était à Morgane qu'il s'adressait. Son père réclamait: « Morgane, passe-moi le beurre, s'il te plaît. » De son côté, Madeleine demandait: « Ta journée s'est déroulée comme tu voulais, Morgane ? »

La fillette aurait pu présenter le sel à son père pour le défier. Ou raconter n'importe quoi à propos de l'école: qu'on avait surpris un éléphant dans un casier, qu'une baleine avait bloqué les toilettes, qu'une sorcière avait déclenché un incendie en mettant le feu dans une corbeille à papier... Personne n'écoutait ses réponses.

Après le repas, son père s'enfermait dans son bureau sous prétexte de régler des factures. De son côté, Madeleine ne tricotait plus devant la télé du salon. Elle se précipitait dans sa chambre sitôt la cuisine rangée. On ne lui revoyait pas le bout du nez avant le lendemain matin.

Quand sa mère était morte, elle avait emporté le cœur de cette maison avec elle. C'est ce que pensait Morgane, le soir, en pleurant dans son lit.

Derrière ses factures, Luc Savarin se morfondait. Il restait moins de quinze jours avant l'anniversaire de Morgane ! Il imaginait sa fille déballant ses cadeaux. Découvrant une poupée ou un service à thé au lieu des sabots rouges espérés. Cette idée le rendait malheureux.

4

Madeleine avait envoyé Luc au marché, afin qu'il ramasse les kilos de légumes commandés pour préparer ces fameuses soupes d'hiver qu'elle aimait garder en réserve. Les cageots étaient trop lourds pour elle.

En traversant l'esplanade, Luc remarqua un curieux éventaire. Il ne l'avait jamais vu auparavant. C'était un jour froid et pluvieux. Pas du tout le genre de journée pour flâner au marché. En dépit du vent qui s'engouffrait dans son manteau, le père de Morgane s'approcha de l'étal.

Le comptoir avait triste allure. Il était situé dans un coin sombre de la place. La bâche destinée à protéger marchande et marchandise contre le mauvais temps claquait au vent. Une ampoule nue éclairait l'intérieur où régnait un indescriptible fouillis. Sur la table, on avait

disposé pêle-mêle des objets en bois : santons, trains miniatures, marionnettes articulées, boîtes décoratives, coffres à bijoux, chandeliers, pieds de lampes, bustes… Il n'y avait pas de sabots, mais Luc Savarin sentit qu'il touchait au but.

Contrairement aux vendeurs de la ville, la marchande ne parut pas surprise par sa requête. Elle commenta simplement :

— Des sabots rouges. Voilà un désir plutôt extraordinaire pour une fillette…

— Je sais, fit Luc. Ça semble facile à réaliser, hein ? Seulement…

Là, sous la pluie, dans le désordre d'une échoppe surgie de nulle part, Luc Savarin éprouva soudain le besoin de se vider le cœur.

Il raconta son malheur à la marchande. La longue maladie qui avait emporté sa femme. Son chagrin inconsolable. Les efforts de Morgane pour cacher sa peine. Les tracas de Madeleine pour dénicher l'encre rousse, le pont sur les nuages, le pélican vert. Cette requête incompréhensible pour des sabots rouges. Madeleine qui refusait de l'aider cette fois. La poupée qu'il ne souhaitait pas offrir…

— Il me faut ces sabots, explosa-t-il, épuisé.

La bonne dame lui tapota la main et lui proposa une tasse de thé chaud. Quand elle le trouva un peu réconforté, elle suggéra :

— Peut-être ne regardez-vous pas dans la bonne direction.

— Je vous assure, madame, que j'ai mis la ville sens dessus dessous ! Vous êtes ma dernière chance. Dites-moi que vous avez des sabots rouges…

La femme hocha la tête.

— Je n'ai pas de sabots. Par contre, j'ai de quoi vous satisfaire.

— Comment pourriez-vous m'aider si vous n'avez pas de sabots rouges ?

D'autorité, la dame déposa dans sa main un ciseau de sculpteur.

— En fabriquant ces sabots, réfléchissez à ce que votre fille souhaite réellement.

Sans aucune hésitation, Luc Savarin rendit l'outil à la marchande.

— Je ne sais pas travailler le bois, expliqua-t-il. Je ne vais pas tenter de sculpter des sabots qui, pour finir, vont blesser les pieds de ma fille !

La marchande lui remit le ciseau dans la main.

— Observez le bois. Concentrez-vous sur votre fille. Et laissez travailler le ciseau. Il vous guidera.

Perplexe, Luc Savarin examinait le ciseau. Il hésitait à le prendre. La marchande insista, sûre d'elle. S'agissait-il d'un ciseau magique ? En réalité, il avait l'air ordinaire, cet outil.

« J'ai l'habitude de pétrir du pain et de cuire des gâteaux, réfléchit Luc Savarin. Pour avoir raté des fournées, au début, et avoir vu des gâteaux ratatinés et des pains brûlés, je sais qu'on ne s'improvise pas plus sabotier que boulanger. Qu'est-ce que je pourrais tirer d'un ciseau de sculpteur ? »

Luc grimaça, sceptique. Au fond, qu'avait-il à perdre ? N'était-ce pas sa seule chance de répondre au vœu de Morgane ?

L'image de la marchande, lui nichant avec autorité le ciseau dans la main, ne le quitta pas de la journée. Le soir, à peine son poulet avalé, il eut mauvaise conscience de ne pas s'être déjà mis au travail.

Il descendit donc au sous-sol, où il bénéficiait d'un coin pour bricoler. Il s'aperçut vite que ce ne serait pas si simple. Par où commencer ? Et d'abord, à quoi ressemblaient les sabots que désirait Morgane ?

La réponse à cette question, il en avait l'intuition, il la découvrirait dans la chambre de sa fille.

5

Quand Morgane rentra de l'école, le lendemain, elle surprit son père dans sa chambre.

Il ne s'était pas enfermé dans le bureau en revenant de la boulangerie. Il ne s'était pas assoupi dans le fauteuil du salon ni réfugié derrière des journaux.

Non. Il était assis par terre, dans sa chambre à elle, au pied du pont sur les nuages.

Les livres de Morgane étaient éparpillés autour de lui. Son père ne semblait pas avoir ouvert les tiroirs de sa commode. Il n'avait ni touché à l'encre rousse ni déplacé le pélican vert. Les carnets de sa collection de timbres reposaient à leur place sur l'étagère. Et le coffret où elle cachait son journal personnel ne paraissait pas avoir été forcé.

Lunettes perchées sur le bout du nez, son

père lisait. Il était si concentré qu'il ne l'avait pas entendue entrer.

Morgane l'observa un moment. C'était curieux de voir son père dans cette position, les genoux remontés, un album appuyé dessus. On aurait dit un gamin. Absorbé par l'histoire, Luc tournait les pages avec avidité.

— Maman ne serait pas contente, déclara Morgane. Tu as mis ma chambre en désordre.

Luc Savarin sourit en apercevant sa fille.

— Je vais ranger, c'est promis, lui assura-t-il.

Il creusa une niche à côté de lui dans les coussins. Il invita Morgane à s'y blottir.

La fillette lança son sac d'école sur son lit. Elle ramassa son pélican vert et, le serrant contre sa poitrine, elle s'installa au creux du bras de son père.

Elle désigna les livres qui traînaient par terre.

— As-tu lu tout ça ?

— Il y en a dont je n'ai regardé que les images.

Morgane fit la moue. Sa mère l'aurait attendue pour lire avec elle.

Sa mère lui manquait tant. Disparus les mots doux, les caresses, les petits noms, les fous rires. Envolés les moments devant le miroir à se tresser les cheveux, dans la cuisine à concocter des recettes exotiques, dans le salon à se coller pour regarder un film ou lire un album.

Morgane n'arrivait pas à croire qu'elle ne reverrait plus sa mère. Que celle-ci ne prononcerait plus son nom. Ne caresserait plus ses cheveux.

Son père interrompit sa rêverie mélancolique. Il montra les livres.

— Dis-moi, lequel est ton préféré ?

Morgane haussa les épaules. Elle prit un air vague.

— Ça dépend des jours…

Elle avait eu raison de cacher ce livre, se félicita-t-elle. Son père furetait, en quête d'information sur les sabots, c'était évident. Or, elle avait décidé que ce serait son secret. Pas question de lui révéler le pouvoir des sabots rouges.

S'il apprenait que ces sabots pouvaient la transporter à l'endroit de ses rêves, il refuserait de les lui offrir. Ou il les enfilerait lui-même pour rejoindre sa Luciole. Et Morgane resterait vraiment seule, cette fois.

Bien sûr, de son côté, elle utiliserait les sabots pour revoir sa mère. Morgane éprouvait du remords à l'idée de garder les sabots pour elle seule. Quoique ce ne fût pas pareil. Car elle reviendrait, elle. Tandis que son père… Qui savait s'il rentrerait ?

Morgane se pencha sur les livres pour y choisir son préféré. Elle aimait sentir sur elle l'attention de son père.

Depuis quand ne l'avait-il plus observée ainsi ? Il y avait des semaines qu'il ne l'avait pas véritablement prise dans ses bras. Des mois qu'il n'était pas entré dans sa chambre, sinon pour lui ordonner de ranger ses jouets, de tirer son couvre-lit ou pour lui souhaiter bonne nuit dans l'entrebâillement de la porte.

Afin de savourer ce plaisir, elle prit son temps pour sélectionner un livre préféré. N'importe lequel.

Morgane sentit soudain sa joie se teinter de tristesse. Son père avait été si distant cette année. Le chagrin créait un mur autour de lui. Une barrière qu'elle n'osait pas franchir.

Morgane n'arrivait pas à mettre ces sentiments en mots. Elle croyait maintenant dur comme fer que les enfants pèsent sur leur père quand celui-ci se retrouve veuf. Elle n'aimait pas penser qu'elle devenait un poids. Certains jours, l'idée que son père pourrait songer à se débarrasser d'elle pour se livrer entier à son chagrin la terrifiait.

Quand elle aurait ces sabots, elle irait de temps à autre chercher conseil auprès de sa mère. Pour apprendre à aimer son père autant que sa mère le chérissait autrefois. Voire davantage, afin qu'il ne s'éloigne d'elle en aucun cas.

La fillette ramassa un livre au hasard dans le fatras répandu autour d'elle.

Luc Savarin prit l'album que lui tendait sa fille.

— *La belle et la bête*, lut-il à haute voix.

Il n'était pas dupe. Il devinait que Morgane ne se sentait pas à l'aise. Elle tentait de fuir ses questions. Mine de rien, il entrouvrit le livre.

Aussitôt, les images d'un passé révolu surgirent devant ses yeux. La Luciole vivait encore. Il rentrait à la maison sitôt son travail terminé. Après avoir mangé, il lisait une histoire à Morgane ou jouait avec elle, à quatre pattes sur le tapis du salon.

Étendue sur le canapé, sa femme oubliait son magazine. Elle les regardait, attendrie, en buvant son thé.

C'était quand ils étaient trois. À l'époque où ils étaient heureux.

— J'aime beaucoup cette histoire, moi aussi, confia-t-il en se raclant la gorge pour chasser sa peine. Aimerais-tu qu'on la relise ensemble ?

Morgane examinait son père avec attention. Celui-ci ne paraissait pas s'être aperçu de sa supercherie. Rassurée, la fillette accepta la proposition.

Tandis que Luc lisait, Morgane se colla contre lui. Ils se retrouvaient. Comme avant.

6

Dans les jours qui suivirent, Luc se montra un peu plus prévenant. Son caractère s'améliora. La tension diminua entre Madeleine et lui. À son grand étonnement, un matin, Morgane les surprit en train de rire. Madeleine traitait son père d'ours. Son père qualifiait Madeleine de corbeau. Et ils avaient l'air de trouver ça drôle !

Son père avait recommencé à revenir directement à la maison une fois son travail terminé. Un soir, il avait donné congé à Madeleine.

— Allez danser ! l'avait-il encouragée.

— Danser ! s'était écriée la grosse Madeleine. M'avez-vous regardée ?

— Voyons donc ! Il y a plein de bons gars qui rêvent d'emmener valser les affreux corbeaux.

— Espèce de vieil ours mal léché ! avait criaillé Madeleine.

Elle n'en était pas moins partie s'habiller en riant pour rejoindre ses amies au cinéma.

Ce soir-là, Luc Savarin avait préparé lui-même le repas. Il avait posé des chandelles sur la table et avait servi une énorme charlotte aux fraises pour dessert.

Surtout, au lieu de s'enfermer dans son bureau après le repas, il avait proposé de sortir se promener. Malgré le froid. Malgré la nuit. Malgré les fours que son père devait chauffer à l'aube. Malgré l'école le lendemain. Ils avaient marché en silence, la menotte gelée de Morgane dans la paume chaude de son père.

En rentrant, ils avaient pris un livre et avaient lu encore une bonne heure, jusqu'à ce que leurs yeux se ferment.

De retour du cinéma, mi-vexée, mi-attendrie, Madeleine avait découvert le champ de bataille de la cuisine et trouvé les coupables endormis sur le canapé du salon.

L'horloge sonnait minuit. Et Morgane qui avait de l'école demain ! La nounou s'empressa de secouer cet irresponsable de Luc Savarin.

— Si ça a du bon sens ! On ne peut pas vous laisser cinq minutes sans que vous accumuliez les bêtises, espèce de vieil ours !

Morgane et son père ouvrirent un œil réticent.

— Ah ! cessez de croasser, vieux corbeau ! marmonna Luc.

— Et si la petite s'assoupit pendant ses cours demain ? Vous n'avez pas pensé à ça ?

— Vous n'avez jamais dormi, vous, pendant un cours ? Une fois n'est pas coutume.

Il avait pris sa fille et le pélican vert dans ses bras, et les avait portés dans le lit de Morgane. En quittant la chambre, il avait soufflé un « baiser de nuit » du bout des doigts. Et il avait prononcé les paroles magiques : « Je t'aime, ma puce. »

Cette nuit-là, sa mère était apparue dans le rêve de Morgane, près du pont sur les nuages.

Morgane avait essayé de convaincre son père de recommencer. Il avait prétexté un surcroît de travail. Le soir, désormais, il descendait à son atelier sitôt Morgane au lit. Lui qui n'y avait plus mis les pieds depuis une éternité !

Que fabriquait son père de ses soirées, à présent ? se demandait Morgane. Cet homme se couchait d'ordinaire à l'heure des poules pour se lever au chant du coq.

Rongée par la curiosité, Morgane se releva un soir en cachette. Elle avait décidé d'en avoir le cœur net. Elle marcha sur la pointe des pieds, évitant les zones où les lattes de bois avaient l'habitude de craquer. Elle se faufila jusqu'à l'entrée du sous-sol. Elle se glissa dans la cage d'escalier, restant sur les premières marches, calée contre le mur.

En bas, dans un cône de lumière jaune, son père avait installé un établi. Un gros bloc de bois était coincé dans l'étau. À légers coups de maillet, son père y enfonçait le ciseau.

On ne pouvait deviner encore ce qui jaillirait de là. Des copeaux se détachaient du bloc et s'amoncelaient par terre. L'odeur du hêtre s'élevait jusqu'à Morgane qui ferma les yeux très fort pour s'en imprégner. Elle apprécia d'emblée le parfum de la sciure. Ainsi que l'image de son père penché sur l'établi.

Pourtant, quand elle retourna se coucher, Morgane se sentit partagée. Elle était heureuse que son père ait trouvé une activité agréable. Il se montrait détendu, aimable.

Par contre, elle aurait voulu qu'il lui accorde plus de temps. Qu'il donne chaque soir congé à Madeleine pour célébrer en tête-à-tête avec elle. Qu'ils préparent ensemble à manger. Que son père lui montre à confectionner ces

formidables gâteaux dont il avait le secret. Et qu'ils lisent ensuite jusqu'à ce que le sommeil les gagne.

La réalité était plus triste. Morgane retrouvait son père tel qu'il avait été ces derniers mois : absent, perdu dans ses pensées. L'air moins sombre, il est vrai. Il n'était plus constamment penché sur son journal ou sur ses comptes.

Cependant, il ne lui accordait pas le temps que passait sa maman avec elle.

Morgane souffrait de solitude. Elle serrait contre elle son pélican vert, son unique ami depuis qu'elle n'allait plus chez ses copines. Il lui était trop difficile de voir leurs mères les chouchouter quand elles rentraient de l'école.

Elle avait cru que son père suffirait à remplacer sa mère. Elle avait été bête de penser que les choses s'arrangeraient.

Sa mère était morte. Désormais, sa vie serait triste, comme la pluie pendant un jour de congé. Il y aurait parfois une percée de soleil pour permettre de croire au bonheur. Mais le bonheur, le vrai bonheur, c'était fini.

Une nuit, un jappement de chien la tira brusquement du sommeil. Morgane tendit l'oreille. En vain. Le chien s'était tu ou éloigné. De son lit, Morgane percevait le ronron du téléviseur resté allumé dans la chambre de sa nounou endormie. Et aussi ces drôles de bruits que produisait son père dans son antre.

Morgane éprouva l'envie d'un câlin. Pour ne pas réveiller Madeleine, elle marcha sur la pointe des pieds jusqu'à la cage d'escalier. Elle entrouvrit la porte avec délicatesse. Dans le cône de lumière jaune, son père travaillait le bois.

Morgane ferma un instant les yeux pour humer l'odeur fraîche et résineuse du bois. Puis elle les rouvrit pour observer discrètement son père avant de descendre.

Les mains rondes et fortes, qu'elle avait vues si souvent couvertes de farine, étaient à présent saupoudrées de bran de scie. L'ouvrage avait avancé. Le bloc s'était arrondi et creusé sous l'action du ciseau.

Soudain, Morgane eut un pincement au cœur. Elle comprit. Elle reconnut le projet de son père. On ne pouvait pas en douter. Un sabot allait sortir de ce bloc de bois.

La fillette ravala sa colère. Elle dut mettre la main sur sa bouche pour ne pas crier. Son père ne pouvait pas lui jouer ce tour ! Non ! Elle ne voulait pas de ces sabots-là ! Ce qu'elle désirait, elle, c'étaient les sabots magiques de son livre d'histoires. Pas des sabots ordinaires. Pas des sabots fabriqués par son père…

7

Au matin, Morgane se réveilla décidée à empêcher ce désastre. Elle se faufila jusqu'à l'atelier de son père. Les ébauches de sabots étaient restées sur l'établi. Elle les enroula dans de vieux journaux, les emporta pour les jeter dans la poubelle du jardin.

Puis elle passa la journée à se tourmenter. Elle commença par se demander si on s'apercevrait de la disparition des sabots avant le passage des éboueurs. Ensuite, elle s'attrista de la tête qu'afficherait son père quand il comprendrait qu'elle s'était débarrassée de son travail. La tristesse de Morgane fut vite surpassée par ses appréhensions. Et si son père se fâchait ? Dans quelle colère allait-elle le découvrir en rentrant ?

Morgane était à présent convaincue d'avoir commis une grosse bêtise. Quoiqu'il lui en coûtât, elle résolut de remettre les sabots à leur place dès son retour de l'école.

Seulement, entre-temps, les éboueurs avaient ramassé les ordures. Morgane s'attendit à une terrible soirée.

À sa surprise, pendant le repas, l'atmosphère fut plutôt agréable. Son père ne devait s'être rendu compte de rien. On parla donc de choses et d'autres jusqu'au dessert. Après le café, avec l'air d'un gamin qui se prépare à jouer un tour, Luc se dirigea vers l'atelier pour avancer son projet.

La nounou le chicana :

— Encore des manigances qui vont me salir la maison, je suppose ?

Le père de Morgane ne la laissa pas gâcher son plaisir.

— Madeleine, vous seriez un sacré beau brin de fille si vous souriiez plus souvent !

Il embrassa Morgane et promit de remonter lui lire une histoire lorsqu'elle aurait fini sa toilette.

Morgane jugea bon de ne pas se réjouir trop vite. Quand son père découvrirait la bêtise qu'elle avait commise, ce ne serait pas un conte de fées qu'il viendrait lui raconter…

À son grand étonnement, elle n'entendit pas de hurlement monter du sous-sol. Sans doute son père avait-il trop de chagrin pour crier. Peut-être pleurait-il, seul dans son coin ?

Morgane se torturait dans son bain. Elle ne supportait plus ce silence.

Sa curiosité et le souci qu'elle se faisait pour son père l'emportèrent. Sa résolution de rester toute la soirée pelotonnée dans sa chambre vola en confettis. Elle voulut en avoir le cœur net.

Morgane alla de nouveau se poster dans l'escalier.

À peine installée, elle aperçut les sabots sur la table. Elle faillit s'étouffer de surprise. Penché sur l'étau, Luc ponçait les ébauches.

Les sabots avaient-ils repris d'eux-mêmes le chemin de l'établi ? Morgane tenta d'imaginer ce qui avait pu se passer. En sortant les déchets, son père avait probablement découvert les sabots et les avait rapportés à l'atelier. À moins que Madeleine…

Revenue dans sa chambre, elle hésitait entre la contrariété et le soulagement. Luc savait-il qu'elle avait cherché à détruire son travail ? Si oui, pourquoi ne s'était-il pas fâché ?

Quand il vint la border, Morgane observa attentivement le visage de son père. Elle y cherchait un indice. Ce visage était clair comme de la gelée de pommes. Rien ne se cachait là-dessous. Ou alors son papa était un sacré menteur.

À l'aube, Morgane s'éveilla brusquement au beau milieu d'un cauchemar. Dans son rêve, sa mère l'appelait de l'autre côté du pont sur les nuages. Morgane avait voulu courir vers elle, mais elle n'y était pas parvenue. Son père s'était interposé et lui avait barré la route.

Bouleversée, Morgane retrouva ce matin-là une détermination renouvelée. Elle devait revoir sa mère. Elle ne laisserait pas Luc lui bloquer ainsi le chemin. Personne ne devait se dresser entre sa mère et elle.

Elle redescendit donc au sous-sol. Cette fois, elle n'hésita pas. Saisissant le ciseau, elle l'enfonça à plusieurs reprises dans le bois des sabots. Elle y creusa des entailles dont, pensait-elle, ces galoches ne se remettraient jamais.

Ce jour-là, Morgane n'éprouva aucun remords.

Néanmoins, la nuit suivante, lorsqu'elle reprit son poste de garde pour vérifier l'efficacité de son sabotage, son père travaillait de nouveau sur les sabots. Aucun souci ne marquait son front. Et le bois des sabots paraissait aussi lisse que le crâne nu de son père.

Comment les sabots, affreusement abîmés le matin, pouvaient-ils se trouver à l'état neuf sur l'établi le soir ? Il y avait là un mystère presque terrifiant. Morgane se serait sentie rassurée de connaître le fin mot de l'affaire. Pour cela, une explication avec son père se serait imposée. Or, elle n'avait aucune envie de lui avouer sa faute.

Quand il s'installa à l'établi ce soir-là, Luc resta perplexe. Tous ces jours, il avait conscience de mal travailler. Le résultat lui paraissait pire que toutes ses appréhensions.

Lorsqu'il posait son travail avant d'aller dormir, il était épouvanté par l'allure de l'ouvrage. Les sabots ne semblaient pas de la même longueur. En outre, le gauche lui paraissait plus creux que le droit. Et ils étaient rabotés plus que grossièrement.

Ses mains, si habiles à confectionner le plus compliqué des gâteaux de noce, ne comprenaient rien au travail de sabotier. Le bois, ce n'était vraiment pas son affaire.

Pourtant, chaque fois qu'il revenait à l'établi le lendemain, les défauts avaient disparu. Par magie. Les sabots lui semblaient mieux exécutés et le travail plus avancé que lorsqu'il avait posé ses outils la veille.

La marchande lui avait recommandé de se fier au ciseau. S'agissait-il d'un ciseau magique ? Il commençait à le croire. Pouvait-on expliquer autrement ce mystère ?

Il irait voir l'étalagiste, réclamerait des éclaircissements. Pour l'heure, l'important était de terminer les sabots. L'anniversaire de Morgane approchait à grands pas. Luc s'estimait déjà heureux de constater que le travail allait bon train.

Cette confusion dura quelques jours. Le soir, Luc avançait avec gaucherie son travail. Au matin, en cachette, Morgane s'appliquait à le gâcher. En fin d'après-midi, chacun de son côté s'étonnait en silence de voir les sabots prendre forme. Le premier, malgré sa maladresse. La seconde, en dépit de ses efforts pour saboter l'ouvrage.

Morgane se glissa au sous-sol deux jours avant son anniversaire.

Son père avait peint les sabots en rouge et il les avait mis à sécher sur l'établi. À portée de main se trouvaient cartons, papiers bigarrés, rouleaux de ruban rouge et or. Luc semblait prêt à emballer le cadeau.

Les sabots étaient jolis. Ils ressemblaient à s'y méprendre à ceux du livre. À croire que son père avait fini par dénicher l'album quelque part. Morgane se sentit honteuse en constatant le résultat de la persévérance de son père.

Hélas ! ce n'étaient pas les sabots qu'elle désirait. Ceux-ci n'étaient pas magiques. Ils ne pourraient pas la transporter jusqu'à sa mère.

La fillette éprouva un sentiment d'urgence. Désespérée, elle tournoya autour de la table, cherchant de quoi empêcher un tel malentendu. Elle ne voulait pas de ces sabots. Elle refusait d'accepter n'importe quels sabots rouges.

Sur des étagères, Morgane avisa de vieux pots de peinture. Son choix s'arrêta sur un reste de mélange à l'huile. Elle y trempa un pinceau aux poils secs et hirsutes. Il en ressortit dégoulinant d'une mixture visqueuse, gonflée de croûtes et d'un vert inégal. Résolue, Morgane barbouilla les sabots de cette marmelade. On verrait si son père oserait lui offrir de pareilles horreurs.

Avec le sentiment d'avoir échappé à une catastrophe, soulagée, Morgane partit pour l'école.

8

Cette fois, Morgane passa une très mauvaise journée. Le remords la rongeait. Durant la classe de dessin, elle réfléchit aux efforts qu'avait déployés son père ces dernières semaines.

Luc avait essayé de combattre sa tristesse, de rendre la vie plus douce à la maison. Il avait proposé à Morgane d'inviter des amis. Il avait renoué avec l'habitude de lire avec elle, le soir.

Avant d'éteindre pour la nuit, il récitait une formule comique censée éloigner les monstres et autres créatures tisseuses de mauvais rêves. Ils avaient aussi recommencé à se chamailler juste pour rire.

Évidemment, son père n'était pas là quand elle rentrait de l'école. Il travaillait beaucoup et, dans la boulangerie, les journées étaient longues. En revanche, sa manière de la regarder, de lui parler, de prendre soin d'elle était unique.

Son père ne posait pas les mêmes gestes que sa mère. Leurs manières de l'aimer étaient très différentes.

Par exemple, quand elle racontait une histoire, sa mère lisait avec lenteur, d'une voix monocorde. Ce timbre berçait Morgane. C'était doux. Morgane glissait peu à peu dans le sommeil, sans presque s'en rendre compte.

Son père, lui, lisait avec vivacité. Il imitait les voix des personnages. C'était très drôle d'entendre tour à tour le monstre poilu grogner, le Chat botté finasser, la fée Carabosse suffoquer... Ses histoires, lui, il les finissait par des chatouilles et des rires.

Sa mère lui aurait reproché d'exciter Morgane alors que c'était l'heure du coucher. Or, Morgane adorait rire avec son père avant de s'endormir.

Oui, les choses changeaient. Sa mère lui manquait, naturellement. Mais Morgane découvrait des aspects de son père auxquels elle n'avait pas porté attention jusqu'à maintenant.

Enfin, n'était-ce pas une formidable

preuve d'amour, le mal qu'il se donnait pour lui fabriquer des sabots ? Il aurait une peine immense en constatant qu'elle avait gâché son cadeau. Était-ce ce qu'elle souhaitait ?

Bien sûr que non ! Cette fois, elle devait en finir avec ces niaiseries. En revenant de l'école, elle avouerait ses bêtises à son père.

Lorsqu'elle rentra, Luc était déjà à la maison. Il aidait Madeleine à suspendre des rideaux qu'on avait nettoyés. Ce n'était pas le meilleur moment pour lui parler.

Morgane se retira dans sa chambre, sous prétexte d'étudier. En réalité, la maîtresse leur avait donné congé de devoirs. Toutefois, la fillette n'était pas mécontente de rester seule pour clarifier ses idées.

Tandis qu'elle réfléchissait, Morgane balaya du regard sa chambre à coucher. Un profond malaise la frappa tout à coup.

Elle considéra le lit posé sur son nuage de tulle. Ce pont n'avait pas permis à sa mère de passer du pays des morts à celui des rêves. Elle jeta un œil fâché à son pélican vert qui n'avait transmis aucun message de sa maman.

Sur sa table de travail, la bouteille d'encre rousse était aux trois quarts vide, mais aucune des lettres écrites à sa mère n'avait obtenu de réponse.

Il était probable que les sabots rouges ne pourraient pas davantage lui rendre sa maman. Des sabots magiques, ça n'existait que dans les livres d'histoires.

Morgane en eut assez de cette mascarade. Elle arracha le tulle de sous son lit, flanqua le pélican vert dans sa penderie, rangea l'encre rousse au fond d'un tiroir. Ces grigris n'étaient d'aucune utilité. Sa cause était perdue d'avance. On ne revient pas du pays des morts.

Pour se sentir près de sa mère, elle n'avait plus que le souvenir.

D'autre part, son père était là, lui. Ce qui comptait le plus, désormais, n'était-ce pas que Luc l'aimait ? Et qu'elle aimait son père ? Or, elle était en train de gâcher son bien le plus précieux avec ses intrigues à la noix.

D'un élan décidé, elle courut rejoindre son père au salon. Telle une bombe, sa voix explosa dans la pièce.

— Papa, je dois te parler.

Elle avait annoncé cela très vite et très fort. Pour qu'il lui soit impossible de changer une fois de plus d'idée.

Madeleine sursauta. Luc faillit tomber de l'escabeau. Les deux avaient pivoté vers Morgane, la main sur le cœur.

— Ça ne peut pas attendre ? proposa Madeleine qui n'avait qu'un souci, en finir avec ces rideaux.

La fillette implora son père :

— Si je dois attendre, je vais manquer de courage.

Son père lui lança un regard pénétrant. Morgane eut le sentiment qu'il savait déjà ce qu'elle s'apprêtait à lui révéler. Luc signala à Madeleine qu'ils termineraient plus tard. La nounou se retira en maugréant. Encore un caprice qu'on passait à la petite.

Luc Savarin s'installa dans son fauteuil. Morgane se dressait devant lui, déterminée et vulnérable.

— Je t'écoute.

Morgane hésitait. Elle se préparait à chagriner son papa. Elle brassait les mots dans sa tête, cherchant la bonne formule. Existe-t-il une façon correcte de blesser ceux qu'on aime ?

— Le plus simple, c'est de parler sans détour, affirma son père.

Lisait-il dans ses pensées ? s'interrogea Morgane. Il lui souriait, encourageant. Elle inspira, puis plongea. Elle raconta qu'elle l'avait surpris à travailler le bois. Cela l'avait touchée qu'il tente de fabriquer lui-même des sabots. Elle ne voulait pourtant pas de ces sabots-là. Elle désirait des sabots magiques.

— Des sabots qui peuvent me transporter où je veux. Même au paradis...

— Tu veux monter au paradis ? l'interrompit Luc.

Désormais, elle comprenait que des sabots magiques, ça n'existe pas.

— Excuse-moi, papa, pour la peine que je te fais.

Son père l'avait attirée vers lui. Morgane s'était assise sur ses genoux. Luc caressait sa tête, avec ses gros doigts boudinés. Il réfléchissait.

— Jour après jour ? finit-il par questionner. Chaque jour, tu as défait mon travail de la veille ?

— Je sais, c'est affreux, avoua Morgane.

Luc Savarin se gratta le crâne. Il paraissait tracassé.

— Explique-moi. Comment ne m'en suis-je pas aperçu ?

Surprise, Morgane releva la tête.

— C'est impossible ! Quand j'ai jeté les sabots à la poubelle, ce n'est pas toi qui les as repris ?

— Non.

— Je les ai tailladés à grands coups de ciseau. Ce n'est pas toi qui les as rabotés ?

— Pas davantage.

— Encore ce matin, je les ai massacrés !

— Il y a quelque chose de bizarre avec ces sabots…

Morgane se demanda s'il n'y avait pas du vrai, en fin de compte, dans l'histoire de Gaël. Qui d'autre que l'elfe aurait pu réparer les dommages qu'elle avait causés ? Sans doute celui-ci avait-il veillé durant ce temps sur les sabots. Or, si tel était le cas, pensa-t-elle avec un serrement de cœur, elle avait donc massacré les sabots magiques ?

— Allons voir ça ! annonça son père en s'extirpant de son fauteuil. J'ai envie d'en avoir le cœur net, pas toi ?

Luc tendit la main, invitant sa fille à le suivre. Morgane hésitait, un peu effrayée par ce mystère. Cependant, elle avait aussi besoin d'y voir clair. « Si les sabots se trouvent intacts sur la table, c'est qu'il s'agit des sabots magiques », trancha-t-elle avant de descendre au sous-sol avec son père.

Hélas ! de magie, il n'y avait pas. L'elfe n'était pas sorti de son livre d'histoires. Les sabots abîmés traînaient au milieu de l'établi. À cause du magma visqueux dont Morgane les avait enduits le matin, ils étaient collés au papier journal où ils avaient été mis à sécher.

— Tu as vraiment réussi ton coup, cette fois ! Si des lutins travaillent dans mon dos, ils ne sont pas venus à bout de réparer tes dégâts !

Morgane avait les larmes aux yeux. Elle avait failli croire aux elfes. Elle était fort déçue.

— Je regrette, papa.

Luc passa une main réconfortante dans la tignasse de sa fille.

— Ne t'en fais pas. Je comprends pourquoi tu as agi ainsi. Seulement, je crains de me trouver sans cadeau d'anniversaire à présent.

— Oh ! Je t'ai, toi ! s'écria la fillette.

Ce soir-là, Morgane se coucha le cœur léger. Plus léger qu'il ne l'avait été depuis longtemps. Bien sûr, elle avait dû renoncer aux sabots magiques. En revanche, les cachotteries avaient pris fin. L'apaisement qu'elle éprouvait lui confirmait qu'elle avait pris la bonne décision en parlant à son père.

9

Le lendemain matin, Luc parut de nouveau très en forme.

— Que penserais-tu d'une sortie au zoo pour ton anniversaire ?

Un sourire taquin illuminait le visage de son père. Luc se balançait sur les pattes arrière de sa chaise, une mauvaise habitude qu'il avait pourtant exigé que Morgane perde.

Son père voulait visiter le zoo ! Il y avait une éternité qu'ils n'y étaient pas retournés. Avant la maladie de sa mère, ils le visitaient chaque année parce que Morgane adorait nourrir les animaux. Sans sa mère, ce ne serait plus pareil.

— Je constate que l'idée ne te réjouit pas, coupa son père. Peut-être préférerais-tu le jardin botanique ?

Son père le faisait-il exprès? Oubliait-il qu'on était en hiver?

— Tu hésites, trancha son père. Sortons donc simplement marcher en ville!

Marcher en ville? Pour son anniversaire? Son père était tombé sur la tête!

— Je vais aller chercher ton cadeau! Cela te remettra peut-être les yeux en face des trous.

Morgane s'étonna:

— Tu m'as expliqué que tu n'avais plus de cadeau.

Son père ne répondit pas. Il s'était levé, plus excité qu'un gamin devant un sapin de Noël. Il revint au bout d'une minute, avec la boîte que Morgane avait vue sur l'établi deux jours plus tôt. La boîte avec les beaux rubans rouge et or. Il la lui tendit, en lui souhaitant un joyeux anniversaire.

Morgane lança un regard coquin à son père. Il lui offrait donc ces sabots après tout?

Que devait-elle comprendre ? Lui jouait-il un tour à sa façon ?

Elle réfléchissait encore quand son père s'exclama :

— Tu n'as le goût de rien, ce matin ! Viens voir un peu par ici. Si nous n'ouvrons pas cette boîte à l'instant, il pourrait y avoir un grand malheur.

Morgane se demanda quel malheur pouvait être plus grand que ceux qu'elle avait vécus cette année. Elle n'eut pas l'occasion d'y réfléchir. Son père avait déjà soulevé le couvercle et plongé la main dans la boîte pour en sortir... un chiot !

Un magnifique, grouillant, curieux, enjoué, sublime bébé chien.

— Petit, je te présente Morgane. Morgane, je te présente... heu ! À toi de lui donner un nom.

Un chien ! Son père lui offrait un chien ! Après son chapelet de protestations sur les pipis et les crottes, les poils, les griffes, les jappements, les coups de queue et de langue...

La merveille avait été déposée dans les bras de Morgane qui, du coup, retrouva le sourire.

— Si nous sortions le promener ? proposa Luc.

— Oh oui ! s'emballa Morgane qui avait soudain très envie de se pavaner en ville avec son protégé.

La nounou refréna quelque peu leur enthousiasme.

— Mon cadeau à moi, on ne veut pas le voir ?

— Oh ! Madeleine, tu as aussi un cadeau pour moi ?

Dans le paquet que lui avait remis Madeleine, Morgane découvrit des bols pour la nourriture et… un drôle de manteau pour chien qu'elle avait tricoté !

— Afin qu'il ne prenne pas froid et ne rapporte pas la grippe dans cette maison !

— Voyons ! objecta Morgane. Les chiens ne donnent pas la grippe aux humains.

Ils durent s'y mettre à trois pour enfiler ce vêtement à l'énergique bête.

Morgane et son père passèrent dans l'entrée pour revêtir leurs manteaux. Ils se figèrent sur place.

Près de la porte, sagement alignées, deux paires de sabots rouges attendaient.

Une grande et une petite.

— Des sabots rouges ! s'exclama Luc Savarin.

— Des sabots rouges ! s'écria Morgane.

— Des sabots rouges ? rouspéta Madeleine. Qui a laissé ça dans l'entrée ?

Morgane réfléchissait à toute vitesse. C'était de la magie. Un vrai miracle. N'avait-elle pas détruit le travail de son père.

Pourtant, ils étaient là : non pas deux, mais quatre sabots. Des sabots qui n'étaient ni éraflés ni barbouillés. Des sabots d'un beau rouge éclatant. Avec une touche verte sur le dessus du pied, là où une minuscule paire d'ailes avait été dessinée. On aurait dit les ailes d'un ange. De tels sabots ne pouvaient qu'être magiques !

— On les essaie ? proposa Luc.

Morgane tergiversait. Souhaitait-elle prendre le risque de mettre ces sabots ? Pour se rendre où ? Que savait-on du pays des morts ? Quelle garantie avait-elle que les sabots magiques lui permettraient d'en revenir ?

Ne valait-il pas mieux garder sa mère là où elle se trouvait, dans son cœur, et profiter de ce qu'il lui restait ici et qui lui était si cher ? D'ailleurs, n'avait-elle pas désormais la responsabilité d'un chiot ?

Soudain, Morgane eut très peur. Tandis qu'elle pesait le pour et le contre, son père, lui, avait entrepris de chausser les sabots. Il n'allait pas oser ce coup ! Il ne pouvait pas partir sans elle !

Le papa de Morgane avait déjà mis le sabot droit. Lorsqu'il voulut enfiler le gauche, il ne put le détacher du sabot droit de sa fille. Les deux chaussures avaient été taillées dans le même bloc. Le sabotier semblait avoir décidé de ne pas les scinder.

— Ah ! dit-il. Tu parles d'une histoire.

— Vous voilà avancés, constata la nounou. Vous ne pourrez pas les porter l'un sans l'autre.

Cela parut lumineux à Morgane.

— C'est clair ! Nous devons être ensemble pour les chausser. De cette façon, nous ne serons jamais séparés, toi et moi.

— Séparés ? s'offusqua son père. Je voudrais voir ça, moi. Il n'est pas encore né, celui qui va m'éloigner de ma fille !

Soulagée, Morgane glissa à son tour ses pieds dans les sabots.

— Alors, ma puce ! lança Luc Savarin. On y va ?

Madeleine vira au rouge et se mit à battre des bras. Elle ressemblait à un oiseau épouvanté.

— Vous n'y pensez pas ! Vous ne voulez pas sortir ainsi ? Il neige, dehors !

À contrecœur, Morgane se prépara à ôter les sabots. Madeleine avait raison. Chausser des bottes était plus sage.

Son père ne broncha pas, lui. Il ouvrit grand la porte et passa le seuil, manquant du coup de renverser Morgane qui était demeurée immobile.

— Oups ! Voilà qui ne sera pas commode pour marcher ! fit son père en la rattrapant.

— Et la neige ? s'inquiéta Morgane.

— Allons donc ! répondit son papa. Des sabots magiques, qu'est-ce que ça pourrait craindre ?

Clopin-clopant, ils partirent sous le regard incrédule de Madeleine qui maugréait.

— Est-il possible d'être aussi bébé à cet âge !

Le père et la fille musardèrent en boitillant autour du pâté de maisons. Ils se tenaient par la main pour ne pas trébucher, étouffant leurs rires et tâchaient de retenir ce chiot curieux qui furetait dans tous les recoins.

— Dis, papa, tu crois qu'ils sont magiques, ces sabots ?

Morgane et son père eurent beau multiplier les hypothèses, ils ne parvinrent pas à élucider le mystère. D'où venaient donc ces sabots ?

Durant ce temps, à la maison, Madeleine passa un coup de fil à son amie, la sabotière.

— Allo, Raymonde ? Ça a marché. Ils n'y ont vu que du feu. Merci pour ton aide ! Je ne sais pas comment je m'en serais sortie sans toi.

Table des matières

Chapitre 1 9

Chapitre 2 17

Chapitre 3 25

Chapitre 4 33

Chapitre 5 41

Chapitre 6 49

Chapitre 7 59

Chapitre 8 69

Chapitre 9 81

Achevé d'imprimer
sur les presses de l'Imprimerie Gauvin